港口：深水泊位

汪向荣 著

经济日报出版社

北京

图书在版编目（CIP）数据

港口：深水泊位／汪向荣著. -- 北京：经济日报
出版社，2024.4
ISBN 978-7-5196-1398-3

Ⅰ.①港… Ⅱ.①汪… Ⅲ.①诗集–中国–当代
Ⅳ.①I227

中国国家版本馆 CIP 数据核字（2023）第 256135 号

港口：深水泊位
GANGKOU SHENSHUI BOWEI

汪向荣　著

出　　版　**经济日报**出版社

地　　址：北京市西城区白纸坊东街 2 号院 6 号楼 710（邮编 100054）

经　　销：全国新华书店

印　　刷：四川科德彩色数码科技有限公司

开　　本：880mm×1230mm　1/32

印　　张：6.5

字　　数：85 千字

版　　次：2024 年 4 月第 1 版

印　　次：2024 年 4 月第 1 次印刷

定　　价：68.00 元

序
诗心的回归

叶　橹

　　汪向荣是我朋友中为数不多"未见其人，先知其名"的人。当年在《诗歌报》上能够发表大篇幅乃至整版诗歌的人，可以说是凤毛麟角。江北诗人，印象中除了孙昕晨、姜桦，就是汪向荣了。

　　我到扬州后，很长一段时间也没有同他接触的机会，因为当时听说他担任了当地党委宣传部门的职务，我还暗自为他惋惜，认为他的诗人身份将会结束了。所幸的是，他大概终于觉悟到自己并不是当官的料，再次获得了"超脱之身"，而我们也因此有更多接触的机会。

　　这次他有意出一本诗集，并且要我为他写序，我毫不犹豫地答应了。我是从读他的诗而知其名，而后又从同他的接触中更深入地了解到他何以会写出如此这般的诗歌的。从不同诗人的作品中，可以读出当代诗歌潜在的走向。如今为汪向荣写这篇序，我又再次体验到了一个诗人内心的诗性感受。

　　汪向荣的诗，之所以被当年的《诗歌报》重点刊出，绝非偶然。在 20 世纪 80 年代中期以后的中国诗坛，一方面新诗潮在崛起，另一方面又存在着种种对它的质疑。汪向荣的诗，恰恰呈现出一种独特的诗性感受而引人注目。他的代表诗作《一滴水》，非常微妙地写出了诗人心中那种依恋与向往。在歧义性的阅读感受中，那"一滴水"的象征性得到充分的扩展。这正是他的诗性感受传达出的艺术魅力。不妨引出其首节一读为快：

> 那是我穿越丘陵时看到的唯一一滴水
> 那是我流尽了汗珠几乎干成沙灰时
> 看到的唯一一滴水　那是我多年以后
> 抵达江边依然怀念的唯一一滴水
> 一滴水　悬于半空像静栖的白蜘蛛
> 整整闪烁一个夏天　一个夏天
> 并未落下

从这一节诗中，我们可以读出一个诗人的潜意识，也可以体察他联想的跳跃空间。这"一滴水"究竟是什么？不同的读者可以从中回顾自身的生活经验。这不正是一首好诗给予读者的最高级的艺术欣赏效应吗？

诗歌语言及其陈述的那些历程，不管是感情经历，还是想象空间，它带给读者的一定不能是事实的重复言说。有一种比喻，说"散文是漫步，诗歌是跳舞"，我对此说的前一句持疑，而对后一句则颇认同。跳舞有其内在的规律，但其节奏的跳跃和引发的联想，则是难以把握和极具空间内涵的。我读汪向荣的诗，就不时地为他的诗句所震撼。像"天空不空　像个故园/蔚蓝的回音壁"这样的诗句，有出人意料的比喻，更有美妙的想象空间和温暖的感受，不是一般人所能写出来的。

这首《天空不空　像个故园》的诗，不仅有比喻和想象之美，还是回归天人合一的融洽之作。汪向荣对"天人合一"的回归之思，不是一种静止的现象描述，而是充盈着动感之思的追求。从"听到自己　降生的啼哭"，到"看见久违的老祖母/从那里隐藏了着火的衣袖"，表面上看是一种生命的传承，而在"降生的啼哭"和"着火的衣袖"之间，却是颇具想象的。

诗性的哲思，是诗人在生活中的感悟，更是一种深邃的思考。在生活的具象中，从平凡的事物中发现并思考，是诗人的习惯。在《老中医》一诗中，汪向荣展现出他独具的艺术眼光，他对"老中医"的观察，是一种对"他者"的审视，更是对"自我"的鞭策。所谓"在灵魂的煎熬中起死回生"，给他的启示则是：

苦涩难以造假

我信任它甚过信任自己

一饮而尽　不留残渣

每日两剂　每周一个疗程

医嘱　亦是佛偈　等同圣旨

我更笃信　时间本身就是最好的良药

会让扭曲的脊椎

慢慢恢复原初的正直

对于诗人来说，当他的笔触从社会现实转向内心世界时，那种种奇思妙想就会显露出无比斑斓的色彩。像《中国画》和《海殇》这一类诗，充分地呈现出汪向荣作为一个内心世界丰盈复杂的诗人，其诗性的意念指向是无所不在的。不妨欣赏他的《中国画》全诗：

倘若为山
我则需剔除血肉
留下如石之骨
要是作水
我则需抽尽筋肋
留下似流之血
其实　为山　作水
都不能够
我只能让灵魂云烟般
飘浮于山水之间
或者　取骨一碣
沁血几点
山水之外的空白处
盖一篆红印

这种因目之所及而产生的浮想联翩，正是诗人的联想和想象的特色。汪向荣的长处在于，他既表达了一种风骨的内在精神，又传达出一种闲散的文人心态，使人读之既有所得，又有所失。内心的矛盾和复杂，正是诗人精神世界的一大亮点。

《海殇》是汪向荣诗中篇幅较长的一首，这首诗似乎在风格上有异于其他的一些诗。在语言特色上，它接近《一滴水》那种抒情方式。或许这正是青少年时代的汪向荣的精神风貌。因为是幻梦般的思绪，所以语言方式较为绵长舒缓，是其特色之一。但是《海殇》的主要特色，在于它的想象，具体而丰盈。

《海殇》有一个"题记"：地球上最早的生命来自海洋，但在海洋深处也有艳丽的女妖以它曼妙的歌喉，引诱脆弱水手放弃远行的念头并将之谋杀。这个"题记"是汪向荣对人生追求的一种探究和醒悟。所以在《海殇》中，他将梦想中的"女妖"作为主角来描述。"女妖"是什么？是人类心灵深处最难以抗拒的欲望。但是，这种欲望并非一般人所认定的那种"罪恶"。女妖是一种两面体。正如汪向荣在诗的结尾时所写的那样：

以我整整一生铸两枚金币

一枚赠天　一枚赠水

今生今世　就此一回

总算凑足买路钱

呵　女妖

却不知何条幽径通往你的华扉

呵呵　女妖　女妖　女妖……

这一节诗的结尾，是一种充满幻想与哀叹的思绪。它将"女妖"作为一种"存在"而凸显在人生之旅中的诱惑，又将"女妖"

作为一种罪恶之源而给予展示。青年时代的汪向荣已经进入这样的人生思考之中，无怪乎在他后来的生存境遇中有所选择，有所摒弃。无论是选择或摒弃，他是一个真实的人，一个具备人性的现实存在。

汪向荣是我值得信任的朋友，他的诗使我在阅读中感到亲切。我在他的诗中读出了真诚，读出了随着时代的变迁而成长的人的品格。我希望读者能从这部诗集中读出一个人的成长历程，我更希望读者能从中读出许多难以言说的人生哲理。

是否如此，还是请有良知的读者来回答吧。

2023 年 11 月 15 日于扬州

目　录
CONTENTS

第三辑　故园低吟

第四辑　草木物语

第五辑 天地野调

江河放歌

□ 第一辑

我们的名字　都叫扬子

一个人的名字，叫扬子
一群人的名字，叫扬子
一座城的名字，叫扬子
它　源自水火交融
它　生于天地厚植
我们共同的乳名　都叫扬子
我们一样的胎记　都叫扬子

长江贴城东流　运河穿城西进
江河交汇　把我们搂在怀里
万里哺育　千年滋养
圩田　舒展肥沃的腹地
丘陵　耸起坚挺的脊梁
战火无法烧毁铁骨

洪涝难以浸烂誓言

看那　天宁古塔　傲立的桅杆

看那　钟鼓楼　启航的锚链

每一次归港　都是为了更遥远的出发

一个人的扬子　绽放一朵芍药的信约

一群人的扬子　洋溢"绿杨春"的热情

一座城的扬子呵　可以雨花玛瑙

将万千气象珍藏于心

是一个人　一群人　一座城的涌荡接力

顺着运河行　跟着长江走　向着大海流

是一只船写在水上的漕运繁华

是一根丝编织了人间的衣被天下

是一辆车天涯咫尺的神奇速度

是一束花盛迎世界的万紫千红

是一朵云从人间的盐结晶为浩繁群星

不是所有的人都叫　扬子

不是所有的城都叫　扬子

那一枚火山冷凝的化石勋章

那一颗巨浪锤炼的晶莹珠蚌

悬挂在胸前　辉映着日月

千年的真州　叫扬子

百年的盐都　叫扬子

45 载化纤城　叫扬子

风华正茂的油港　叫扬子

汗水在历史长河中蒸馏出荣光

薪火在祖传根脉里提炼出智慧

一个人的扬子　可以是一粒米或一粒盐

一群人的扬子　承载的却是生生不息的族群史

一座城的扬子呵　更是绵延了千年的奔腾、回旋和沉淀

从此　一座城就是一群人

一群人就是一个人

一个人　一群人　一座城

同样的乳名

一个人　一群人　一座城

同样的生命胎记

我们呵　都叫扬子

扬子呵　就是我们

我们呵　都叫扬子

扬子呵　就是我们

仪扬河颂

你问我是谁

我就是一条河

一条东达扬州西联仪征的城际河

一条上起东晋下止现今的古运河

我是天落水的集聚

我是地下水的总汇

我是江淮湖塘的融合

你问我是谁

我就是一条河

我的来路是丘陵大旱时的一种渴望

我的前世是沿江洪涝时的一声叹息

我用感恩的心承接上天的甘露

我用博大的胸怀积蓄大地的汗水

我用岸与岸的臂膀阻挡恶魔的灾讯

我用波与波的接力传递澎湃的福音

你问我是谁
我就是一条运河
在历史的源头和现实的港湾涌流
当吴王夫差北上的征帆随风降落
当隋炀帝南下的欲望在蜀岗搁浅
唯有淮盐集散的昌盛
和南粮中转的繁忙
——描绘在河岸的长袖里
唯有长箫短笛的吹奏
和真州祝枝词的吟唱
——刻录在碧波的光盘里

我以风物淮南的千年古韵
收藏绵绵不绝的清冽
我以天开图画的万丈巨豪
挥洒那亘古醇香的水墨

我就是一条恋土怀乡的运河
我就是一条偎依着丘陵腹地的运河
与贫瘠的丘陵不离不弃
和肥沃的圩区相爱相亲

我为你泡上绿杨春茶

我为你酿出真州曲香

我为你春季浇灌满园红芍

我为你盛夏铺展十里阴凉

我为你金秋将稻谷催黄

我为你严冬将瑞雪典藏

我就是接天连地的银河

在人间的缩写

我就是骨肉相连的血脉

在胸腔的放大

我在你之外静默

你在我体内涌荡

我和你一样　　选择同一个生命的方向

你和我一样　　以江北淮南为家

爱河流就是爱自己

爱自己就是爱天下

龙马之春

　　江北小城靖江，又名马洲，相传因白马驮沙造洲而得名。作为历史上的苏南属地，如今积极推进跨江一体化发展，继江阴大桥飞架南北，江阴—靖江开发区飞地合作之后，又争取了来自龙城的常州大学怀德学院整体迁入，不仅填补了苏中、苏北县域本科高校的空白，而且实现了"龙"与"马"的城市精神融合。

——题记

你诞生于五月　就注定不会错过春天
江风浩荡　海浪澎湃
追随驮沙的白马而来　穿越飞架两岸的大桥而来
被吴语染绿的沙洲　就此面向江海　打开一座小城的辽阔

你从常州来　仿佛兑现"从此年年定相见"①的承诺
食有江鲜　居有翠竹的靖江
向千古名流　八方豪杰发出欢聚邀约

千户香橼　张灯　万户兰花　引路

敞开了一方水土的草木之心

——本就是江南的飞地呵　一江双唇　相濡以沫

骨肉难舍的深情

你来自龙城　情有独钟一衣带水的马洲

第一脚就跨进天下第一岳庙的生祠

第一课就吟诵"三十功名尘与土，八千里路云和月"的豪情

同脉的血性　披挂二次创业的征袍

像孤山　独树一帜　像容湖　敞纳百川

从昔日的马洲书院　到如今的怀德学院

书页云帆一样在浪中穿越时空

工学　理学　文学　经济学　管理学　学贯中西　数龙齐飞

30 多个专业方阵　1 万名莘莘学子　万马奔腾

搬迁、入驻的"靖江速度"

那在硝烟烽火中定格的东渡第一帆

再次高扬跨过长江　直济沧海的雄心

因为　爱着同样的春天　恋着同样的乡土

你绣着责任的旗帜　插到哪里　春风　春雨　就汇集到哪里

骥江路上　牧马广场　马洲公园　孝化村头……

看那无偿献血的臂膀　高高举起葱茏的树林

走一走老岸的高沙土呵　经卷撒遍向善的民谣

望一眼清澈的四眼井呵　涌泉洗亮仁爱的心扉

你　是龙吟马鸣的二重协奏　响亮于长三角

你　是南北兼容的现代盆景　浓缩着新山河

以滨江新港的青春宣言

为聚沙成洲的热土融入苏南　添薪升温

为科技兴城的蓝图接轨上海　加油助威

携手 66 万父老乡亲　把 50 公里的白金岸线

挽成拥抱四洲五洋的臂膀

让 10 万吨级的船坞　放牧出更大的钢铁骏马

让亿吨大港集合更多的

粮食　木材　石油　金属　散发丰饶的芳香

还有　那微小的白色含片

浓缩了月亮的纯银　太阳的铂金

小城　亮出中国 VC 之都的名片

向着世界展示一个民族强体健心的活力

你　诞生于江南的五月　你茁壮于江北的绿洲

天地之间　看一体两翼舒展而来——

飞龙腾云　自强不息　天马负土　厚德载物

一座小城就此面向江海

打开春天无边的辽阔

备注：①见苏东坡诗词。

磁力之歌

苏州科技城街心广场，建有一尊磁铁主题雕塑，名为永恒引力，象征绿色、智慧新城对世界的强大引力。

——题记

何种力　能让高飞的羽翼在此悬浮　舒展
何种力　能让远走的脚步在此放缓　留驻
阳山在东　太湖在西　刚柔相济的热土
一枚磁铁　永恒的引力雕塑

此时此地　已不闻客船撞响寒山之钟
高铁在吴歌侬语中　敏捷地展现灵秀的身段
"波音"披着绸缎的云霞　熨平东西半球时差
苏州敞开城门　向全球邀约
一场"梦在硅谷"的精英盛会
用科技　山水　人文三种语汇同期直播

手捧"碧螺春"绿茶或"冰美式"咖啡

东西方　围青山秀水而坐　以同样的目光和舌尖

共品 25 平方公里的智慧盛宴

那样的力　阳山一样雄强　太湖一样柔美

将一顶顶刺绣桂冠

加冕于万众仰望的产业高端

中国最优秀的高铁物联网技术中心

全球最先进的发动机振动试验平台……

那样的力　开拓于荒野　就能从荆棘中突围

稼先路　以升路　培源路　景润路……

一条条新路　以科学家命名

那样的力　漂浮于水面　就能集聚新潮

300 万平方米"诺贝尔湖"　春风　秋光剪裁

看似江南美女的裙裾　更像皇家院士的礼服

那样的力　遨游于太空　就能让"天眼"精准定位

高清晰度拍下跨国恋人

水岸亲吻的倩影

那样的力　多维而归一　归一于真山真水的自然

天很蓝　好像海面已被凝固重塑

气很爽　仿佛尘世已被森林完全过滤

沿着太湖大道奔跑　或者亲近湿地宁静

白鹭驮着目光　掠过凤凰　玉屏　玉龙……

群山的脊背　口哨轻扬　应和美欧、韩日、印度……的国际
问候　"这里是他乡，更像故乡"
背依大智阳山　濯足仁爱太湖
一束野花　一丛芦苇　都是安居的家园
几声雨滴　数声虫鸣　都是酣畅健康的呼吸
在早晨　睫毛上　悬挂梦想成真的露珠
阳光　挽着清风　向所有敞开的心扉致敬

何种力　让高飞的羽翼舒展　拉低了云天
何种力　让远走的大脚　涉过重洋　抬高了大地
苏州　本身就是最强的磁力
科技伊甸园　梦幻新硅谷
创世者　为"天堂"重新定义
让人世情有独钟

关于超细纤维的诗意追寻

在四月　在东方
一群诗人走下云端
追寻世上最细纤维
深藏于此的来龙去脉

一根纤维　源于温饱和诗歌诞生之前
源于"丝绸"被母语正式命名之前
从遮体驱寒的本能欲望中孕育
从刀耕火种的咸涩和兵乱水灾的悲怆里分娩
吸吮岁月蛮荒的苦涩
河山破碎的悲怆　在春天
用柔软而细疏的胎毛　艰辛地编织一袭褛褴

一根纤维　突破历史千丝万缕的缠绕
穿越现代工业的丛林和光怪都市的

迷宫　触摸故园乡土的血脉

听到乌篷船摇响蚕儿的乳名

看到和风敞开桑田的慈怀

浣纱女背篓涉过了扬子江

纺织娘用满头黑发　与一缕白丝

今生无悔地交换着光阴

一根纤维　说

它的摇篮就是仁心和母爱

一方泽被天下的水土　说

它要脱胎换骨演绎"苏湖熟，天下足"的新意

一群化剑为犁的男人　说

要让世界无须翻译

就能读懂风雨后的彩虹

他们是后羿的嫡传　从太阳里抽取金辉

他们是嫦娥的子孙　从圆月里拉牵银线

从洪荒的石油里裂变银白

从地沟污秽里提炼纯净

有一千零一次的血肉撕裂

就有一万次的灵魂交融

让那些经过洁布擦拭的炮筒

从此也植入和平的记忆

栽满百合和玫瑰

而终究只有日月星辰

令人类共沐恩泽圣辉

一根世界上最细的纤维

难以用砝码称重　无法以圈尺丈量

头发五十分之一细的估计　肉眼看不见的存在

要有多少江河淬炼

要有多少涛声唤醒

要有多少超越人世的神力

一经一纬之间　才能轻松绕住整个地球

一根纤维　放大到极限

它是贯穿国际发展的主线

一根纤维　延伸向高远

就是如意　就是祥云

就是飞龙　就是中国结　向世界发出同创共享的邀约

而诗人　脚踏江南大地

说　诗和丝都不在远方

借一片海　还一滴水

要借　就借一片大海吧

想看看　暗积亿年的苦卤

如何曝晒　成晶莹的族群

想看看　平淡无味的尘世

怎样　调和出　咸津津的生活

要借　就借一条长江吧

想看看　高悬千仞的黄土

如何下泻　成　肥沃厚实的圩田

想看看　游兵散勇的　细沙

怎样　夯牢同一姓氏的宗祠

要还　就还一滴水吧

那逆流洄游于险滩急流的

活化石　眼角正滑过一滴泪珠

那古宅庭院中　抚掌天空千年的

银杏　正积攒一滴露珠

还出孕育大海的　最低一滴水

还出抬举长江的　最高一滴水

一滴水　在洗净婴儿的明眸之前

已用　无邪　打开混沌初开的

人世

十指连心

在长江入海口　两手合拢
掬其一捧
难以分辨　无边浩荡
来自上游　中游　还是下游

水在凹凸不平的掌心里
也有了命运的分流
生命线　爱情线　事业线
去向　比来处　纹路清晰
只是难以把握　长江的宏大和绵延
更无从透析　大河的细沙与微波

它的脐带　连接大海
天地一弦
千年共振

从最高处的雪山之乳　到

最低处的　滩涂　摇篮

十指连江　掬其一捧

即能耳闻万里胎动

江边即景

天地书写　一笔万里

潮汐退却　少年顽皮

在沙滩留白处　用番茄酱汁

淋上自己的名字　红红的印章

压不住　心潮澎湃

一辆五彩单车　载走满眼的

黑山　白水

古今渡波　一帆千年

早潮上岸　把许多遗物返还给了

人间

美女侥幸　从碎瓷残片中

捡到一枚乾隆年代的　通宝铜钱

纤纤手指　夹住了锈绿了半边的

盛世

天地如何　古今怎样

总在黄昏里　模糊不清

一只水鸟　忽明忽暗

好像　时空里寻找着落的一点遗墨

江岸杉林

不是雨　更不是雪
下了一场非湿不寒的　锈

天空　说老就真的老了
用旧了的日月　生了锈
磨钝了的风声　生了锈
唱哑了的鸟鸣　生了锈
云上无处生根的　羽叶
在流星　指引下
由子夜的江岸　收养
来路　去处
都站满了　杉林
不是黑　更不是白
不是沉沦　更不是超度

那一座座大同小异的树塔

无不　从低向高　透进了天空

无不　从外向内　楔入了灵魂

山水走读

□　第二辑

港口：深水泊位

今夜我们的船泊在这里
像一片浪迹归来的土地
像一枚灵性的钥匙
跳跃在祷词和诅咒
不能开启的水域

而炫目的引诱来自江底
来自那些
曾经熠熠闪光的丝绸和瓷器
那些仍然坚守着的遗骸
那些不肯瞑合的眼睛
它们还在仰望星宿　算计汛期
而被这一切簇拥着的
是永久不朽的船长
它的威严像水不可弯曲

只有沉沦的船只

没有沉沦的水手

谁读懂了这句话

谁就能时时感到

先人地磁般的目光和呼吸

今夜谁能安然入眠

谁能把沉思的头

枕在颠荡的波涛之间

滩涂　只有芦丛孤独地挺立

花絮遍地　星星点点怀想

蟹爪兰似的锚链

越过沉寂的隔离带

和低矮的防护林

我看见另一片

在岁月中飘逝的土地

看见那些相互厮守着的谷仓

那些厮守着谷仓的农人

在丰收之后　攀上梯子尽头

眺望水上的动静

满怀期待的容颜

如同院落里的灯笼花

默默地开放　然后熄灭

我还看见大群的孩子

无忧无虑的天使

在窗户背后波涛般涌动

用他们藕嫩的手指

一遍遍擦拭玻璃上的尘灰

这样的不眠之夜

连清冷的月色也喧哗不已

我听到矿石从丘陵高处呼啸而下

山楂在枝头迸溅着酸甜的果汁

横贯大平原的输油管道澎湃着黑色金流

水稻和玉米像羞涩的情人

彼此吐露芬芳的心事

终日劳作不息的人们

在初秋的茶园席地而卧

露珠滴滴　是怎样一种纯净的沐浴

我们只有拉响汽笛向所有这些致敬

让温热而白亮的翅膀

拂去劳动者心头的阴云

在绿荫　鸟群和阵雨逐渐消逝的季节

只有这发自肺腑的汽笛

能够成为我们唯一的知音

今夜，遥想大海

雄鬃拂扬的白岸

美丽的群鸟　曼歌的水妖

那勾魂摄魄的魅力

都因我们的石油　煤和粮食

这些来自土地内部的果核

变得更加耀目

我感受着这一切的光芒

我还知道　它们

终将凝聚成一轮明天的太阳

为此我挥手告别长长的栈桥

告别亲人般簇拥在码头上的

集装箱　电瓶车　高耸塔吊

既然我们的船是这样一枚

横在过去和未来之间的灵性钥匙

彼岸之门就不能不

轰然开启……

海 殇

地球上最早的生命来自海洋，但在海洋深处也有艳丽的女妖以它曼妙的歌喉，引诱脆弱水手放弃远行的念头并将之谋杀。

——题记

一

女妖
如果那歌并未溺死
能否像珠宝自洋底被一一打捞
呵　女妖
如果那音乐飘着白浪
能否再次凝攒最纯最甜的一滴
由你啜饮　滋嗓

二

女妖

沉船的遗骸造就你的魔宫

水手的天灵盖被你酥手高擎如樽

而血　淡妆淡抹成小樱桃

那甜浆玉液繁衍了摇摇水草

午夜的男人漫入鱼腥味的酣梦

呵　女妖

今生今世　就此一回

因你的诈惑

也让我砍下手臂做桅

揭去肤皮做帆

殷红的艨艟闯过鲨鱼出没的水域

就像所有筋脉向着心港汇聚

呵　女妖

能否　能否

在我不经意的一瞥中嫣然

你已久久　盘膝于暮霭的蒲团

三

女妖

于我的视线外

你一定看见椰林下的村庄

黯然承受阳光铜质的浇铸

它的倒扣着的渔船

它的坚硬的铁皮屋顶

无时不在闪烁蚌珠泄漏的光芒……

公牛的犄角在母狮的肌腹下

钻开无数敞向近岸和远岛的小窗

孩子从血腥的洞穴里蠕出蜿蜒般的四肢

他们有两只芭蕉叶似的敏感于信风的耳朵

他们有对黑葡萄一样俯瞰远洋的眼睛

呵　女妖

此刻那高高耸起的蓝水

是否意味着无以言表的阵痛

今生今世　就此一回

即便是退潮后最晚暴露的石头

只要气流不停地回转

我都甘心孤守黑暗里

艰难晃动的鳞光和野火

四

有一种祈求无须语言

有一种语言无须回应

海面和空谷坦荡的宁静

一如孕妇失血后的苍白

呵　女妖

无主的婴儿一出生就被乳液背弃

他们将因此凝固

他们将簇拥成一列瘦小的石头

在昼夜的沙滩上

白亮亮或黑乌乌地迈开步履

女妖

这些喑默的生灵

都已祭给你远远抡起的海岸线

（海岸线岂止如鞭）

呵 女妖

今生今世 就此一回

你也做母亲吧

将生吞的骨肉吐尽

将那个失聪的小哑子领回

双耳为喧哗而累

双眼为风景而死

五

以我整整一生铸两枚金币

一枚赠天 一枚赠水

今生今世 就此一回

总算凑足买路钱

呵 女妖

却不知何条幽径通往你的华扉

呵呵 女妖 女妖 女妖……

一滴水

一

那是我穿越丘陵时看到的唯一一滴水
那是我流尽了汗珠几乎干成沙灰时
看到的唯一一滴水　那是我多年以后
抵达江边依然怀念的唯一一滴水
一滴水　悬于半空像静栖的白蜘蛛
整整闪烁一个夏天　一个夏天
并未落下

二

关于雨的回忆已经十分模糊
我曾经一度对于潮湿竭力诅咒
但真正令我背井离乡的却是膜拜千秋的
骄阳　这后羿的独子而今高高在上
既无温柔的蜜意　也无青泪的悲伤

众生在下　因为失水成为石头
躯体已亡　精神不灭
丘陵深处一声呼唤　那些冤魂
齐声回应
我要　我要　水

三

就因为一滴水的闪烁
发芽开花结果的欲望绿着
就因为一滴水的闪烁
天空以死海的面容
使我怀想温情的白浪

四

而狭长的谷地如武士仆倒后
裂开的伤疤　以赫红描绘出
砂矿的形状　并
发出最后的光亮　甘泉的撼荡
甘泉的撼荡

五

跪拜的礼仪早该忘却
向日葵般仰望太阳的季节已经过去
那一滴水落下　足以使所有的

祭坛破碎

使太阳融成斑斑落英

现在是穿越谷地向远方进发之际

务必克制青梅的诱惑

我说　务必忍辱做一次岩缝中

匍匐的囚徒

六

夏季的浪子　在孕育着大潮的

母腹上探行

一滴水落下来　一声婴儿的啼哭

一滴水落下来　一声婴儿的啼哭

一滴水　一滴水　一滴水

注定成为我永世行于咸涩之上的

艨艟

一滴雨水

我没有看到其他雨水
在一场狂欢后怎样撤场
我只看到这一滴的痴迷
深渊之上
悬崖草尖　孤守不移

有着比水晶还通透的质地
有着比神曲还圣洁的表情
它无力返回安全的高台
更不甘心轻易放手
然后坠落
那些深入骨髓的诱惑还在
就像头顶上的重重乌云
不是风　一时半刻能够驱散

这一滴雨水上下两难

可就是没有任何理由放弃

高处有两只复眼的蜻蜓

艰难地逆着气流俯冲

低谷有三只萤火虫

或明或暗　抖落湿漉

向上突破

稍近处　是它参与发起的一条河流

再远处　是它阔别已久的湖泊

我没有看到这一滴

孤立　独处　自醒之后

环顾　仰望　鸟瞰之后

究竟洞察了怎样的世间气候

我没有看到这一滴最后的归宿

它被朝阳青铜的号角振落

还是由蜻蜓或萤火虫无声吸吮

我只在沉寂的长夜之后

听到深渊之上　悬崖之下

峡谷

震耳欲聋的雷鸣

一滴雨水　能不能卷土重来一场摇滚

礼献洗刷一新的世界

我是水

我是水　我是冷却后的凉开水

在历经炉火燎烤　热情沸腾之后

波澜不兴

在沉淀污垢　远离浮尘之后

归于澄清

我把自己祭上秋季的灶头

我把自己交由你久渴的双唇品味

我是水　我是冷却后的凉开水

在历经筋骨煎熬　灵魂升华之后

拒绝流逝

在归避喧哗　告别躁动之后

陷入无言

我把自己祭上秋季的灶头

我把自己交由你久渴的双唇品味

我是水　我是冷却后的凉开水

在所有的细胞都散尽高烧之后

在我的祝福环绕你就像环绕

透明的玻璃杯之后

我无色无味坚守内心的纯粹

我有情有义去消融你烙满秋季印痕的忧郁

我是水　我是冷却了的凉开水

塔与河的互换

千年的塔累了

用于镇邪的古塔累了

但它不能轻易弯腰

它更不能随便低头

多少人在仰望呢

就像关注明星的一举一动

塔是万人的敬仰

塔是全城的骄傲

塔的标准是昂首挺胸

即便如一枚锈蚀的巨钉

也必须在土地中深隐虚无的尖锐

累了的塔很想俯首帖耳

腰肌劳损

股骨坏死的塔或只想放软身段

与低矮的老房平起平坐

聊聊雨水滑过脊背的感受

聊聊燕子衔草筑窝的温暖　但它更想

和不远处的城河做个交换

学会水一样的温柔

波一样的圆润

千年的城河　累了

作为动脉的城河累了

但它不能轻易坐起

更不能随便游荡

河是桥的女佣

河是岸的家奴

河的标准是俯首帖耳

累了的河很想昂首挺胸

血管硬化　钙质流失的河

或只想

和友好的船平起平坐

聊聊不堪重负的感受

聊聊空仓饥饿的煎熬　但它更想

和不远处的塔做个交换

学会砖一样坚强

学会石一样板实

千年的塔和千年的河都累了
它们想彼此交换
用昂首挺腰交换俯首帖耳
或者相反
这是否属于两相情愿
或将塔影枕在水上做梦
或用碧波洗涤塔的沧桑
这样的美事　谁来成全

河与岸各自表述

它　渴望厘清自身的来龙去脉

沿途说个不停

涟漪　波涛　潮汐

奔腾　澎湃　回旋　沉浮

亢奋　愤怒　辽阔　狭小

夹叙夹议　一直处于现在进行时

离　结论　至少十万八千里

岸　静默如谜　一生只说一句

你流经他乡

我守住自己

把河洗洗干净

河　洗净穿脏的衣物

洗净　吃脏的碗筷

以及蛙鸣　鸟影

河　还洗净了初恋的

山盟海誓

和寿终的纸钱　唢呐

现在　仅有片刻的空闲

河　什么都没洗

就等待两座闸门

反向拧紧

像绞干安睡过我们的床单

河水　凌空受力

淅淅沥沥

半是感谢　半是诅咒

如同　于心不甘的落难女子

只想把自己洗洗干净

低　洼

水　往低处流
这是谁也不能旗帜般
插到高处的真理

雨后的水洼　没有什么比它更低
绕开了　许多常在河边走的鞋子
绕不开　一朵低头豪饮的白云
这爬得最高的水　久渴难熬
已不顾体面　自愿一落千丈

阳光的洗衣机高速旋转
绞干　小小的水洼
一部分　排泄给下水道　比
水洼更低

一部分　蒸发为白云　一群又一群

被风膨胀得更大

比那朵具体的云更高

船

树的倒仆使木船的诞生成为可能

那被称作航线的江域上

无数块陌生的木头

依靠内心的默契紧紧相挽

树在视线中走成船

却未改变抽枝发芽的欲念

船　这唯一以植物姿态游弋着的

动物携带帆叶柯桅

流离　颠荡

看到船　游子就会激动不已

出于同样的命运　选择漂流

上游的雪山　即是父亲愁白的头

下游的蓝水　即是母亲的咸泪繁衍

船　驶入人类的血脉

自古至今将栖息过祖先的岸树

泊成永恒的风景

中华鲟：长江活化石

江面很宽　江风很野
除了铁壳船　没有谁敢蓄意玩水
我知道它还活着
极少数　甚至濒临死亡地活着
惊涛骇浪之间　小心翼翼地隐藏
一种命运

近在咫尺看清它们的真相
是在废矿的人工养殖场里
18℃以上的恒温
清澈微甜的矿泉水质
养尊处优的游姿　再刻意还原
都不能在石头里　掀起一点波浪

被清蒸出场时

它睁开的只是白眼　仿佛熟视无睹混浊的世界

我知道　能让我们活命的同样是江水

选择人们的胃口　也就选择了风平浪静

它能被称为　活着的化石

无非比铁壳船更快地沉入

江底变为传奇　或者在胆囊深处

积淀为结石　告诫

世人有一种撕心之痛

你无法摘除

丘　陵

土包隆起即为风景
海拔百米近乎喜马拉雅
在平原　在江北
丘陵的尊崇不言自明
敬之为首领或酋长理所应当

铜山　捺山　白羊山……
种种神话　君临天下
席卷万众的敬仰
这一种地位与生俱来
这一种落差地久天长
匍匐的土地　心甘情愿
将远古的石头扛在肩上
麦子　稻子　无论旱涝
一年两季　颗粒归仓

环卫四周的道路　河流

看似洒脱　貌似漫长

也无非是他手中的几股绳缰

黄昏时分　轻轻一声唿哨

所有奔跑和漂流的欲望

都会悉数归巢

丘陵的威严坚硬如初

丘陵的霸气一如既往

松林屈于脚下

雁阵低过腰线

这一种格局　狂风不能摧翻

这一种秩序　骤雨不能松懈

丘陵　耸立在那里

一言不发　却已垄断所有的话语

诸如平原　溪流　田埂等名词

诸如婚嫁　出丧　鸣啼　狂吠等动词

诸如许多长不高　喂不饱只能放养的形容词

丘陵　可以完全统领一切

但唯一不能左右自己

一片失重的白羽扶摇而上

轻轻地拎起整片丘陵

说想　远走他乡

敲鼓的人

湖面还未解冻
水流陷入冬眠的静默
有人在岸边　轻轻敲鼓

鼓是旧的　褪了漆蜕了皮
身体却丰满如初
挺起了怀孕足月的母腹
不安的胎动和幼小的心跳
和连心的十指共鸣

鼓　不发声的时候　更像一只釉光四射的
陶罐
完成了腌制　封口
一开始　倒不出苦水
后来　是时间　漾起了　淡淡咸香

鼓　不敲的时候
也自带声腔
它的腹肌源于群鸟栖息的树木
它的蒙皮来自哞咩得意的牛羊
鼓不被当作鼓时
可以听见鼓声不再蒙在鼓里

已融化成汩汩的春水

石头家族

山顶的石头　自愿滚落

做了磨盘　让一把把黄豆

哭成人间奶水

山中的石头　被硬抬下来

家谱般垫实宅基　把子孙推往高处

山下的石头　一辈子哑巴

潜入溪涧　都是流水

主动跟它说话　然后把一整座山的倒影

清煮　和稀　赈济给下游看不到石头的

平原

南　山

一袭青衣
四季不易
阳光下渐近欲言
阴云中远遁无语
不老的哑女呵
雪天愁白了头
一腔欲言未吐的心思
倾出滔滔江流

南山雪意

雪　下在江南
画　挂在江北

那背阳的坡面　好像
栖下许多黑白相间的　喜鹊
那连片的喜鹊　不叫
也是　有声有色的　水墨

洲心的　波涛　从不结冰
高飞的鸥鸟　习惯飞白
船还空仓　可以装载更多的心思　远行

万里长江　怎么流　都流不出画框
一个人　怎么眺望　江南
大雪　融化时
眼帘下　总是多出春雨般的湿润

孤山的声音

从江海边缘　到城市中心
有多少涛声　尾随而至　挥之不去

车流如潮　拍打着山脚
卖香火的　在山腰上　打着半折吆喝
诵经声　盘踞山巅　吸住了几片闲云

这些声音　都是外在的　如一件披风
但它不能置之度外

另一些声音　才是自己的
取自背阴处的黄泥
有着阳光的金属质地
松柏的木香气息
河水搅拌　小火烘干

土做的十二生肖

金木水火土五行合一

统统被称作"泥猴子"的微小乐器

随身而带

想吹就吹　如水的呼吸

风的脉搏

那些根植于　一座山内在的声音

让它本身　深陷其中

难以自拔

风景石

有些石头　被抬举着出了深山
就不再是石头
它怀了亿年的胚胎
去千里之外的都市　生产风景

所有新生或陌生的事物
都必须重新起名
如此体面接受镌刻　铭印
又那么无奈　仿佛烙印　刺青
另一种命　从柔软处呱呱落地

经济开发区　乡村集中区
抑或是美丽庄园　幼儿园
医院　养老院　乃至火葬场　墓园
顺也承接　逆也忍受

不笑　不哭　不怒　不怨
风景是个中性

有人微笑着以此为背景
拍摄打卡
有人大醉后　隐于背后痛哭狂吼
也有不谙世事的顽童　爬上去
得意扬扬地宣告——
成功登顶了名山

石头的孵化

你　究竟在上面坐了多久
石头　开始发热
石头　开始软化
再等片刻
石头　就会松动　露出激动的血心

你　显然低估了自己的能量
即便是深秋的余热
也能穿透千年的寒冷
可　你却起身走了
怎么都舍不得　一副鹤骨
遗交给荒山做个孤魂野鬼
得道成仙就差一瞬
你已背转孤独
复投人世的　灿烂灯火

你坐过的地方　开始有星光复习

那发热的地方　开始有太阳重温

那软化的部位　开始有野草残枝覆盖

一只温暖的巢　圆满竣工

由石头孵出的

小鸟　亮出初啼　第一声竟是你

独对凄风苦雨时的　咳嗽

鹅卵石手绘

荒陵废矿　卵石遍地
鹅　照护不了那么多亲生骨肉
雨水　可以洗净被遗弃的人间

爱石者　潮着身子
热着眼光　躬身入山
认养者　备足净水
热着胸脯　接受弃婴

那么多石头　那么多无名之物
原来是老虎　狮子　大象的微缩
那么多素面女子　原来胚胎里
发育的是月季　玫瑰　芍药和蔷薇
一个生命　一群物种
从僵硬　沉寂　混沌中唤醒

它们不是跟着猛兽就是花朵出山

一束过滤了的眼光

和一双洗净了的手

拖儿带女

在案头上　安家落户

它们不再叫作石头　废物

被善　认养的石头

由美　认养的石头

都会用多姿多彩　命名

每一块石画

都是柔软的蒲团

那些光秃秃的鹅卵石

谁不是从山间到人间

超度的佛头

故园低吟

□ 第三辑

小城不大

仅仅一河之隔
明朝鼓楼的前趾
抵着了唐代砖塔的脚跟

拐角处　遇见了郑板桥
稍回首　又碰上了苏东坡
一条老街　没几步
西边走出了　厉以宁
东边走来了　忆明珠

那　都坐下来　喝茶吧
千年慧日泉
万里扬子江
一杯绿杨春

客来水正热

人走茶不凉

小城并不大

鼓楼经历

就说是某个正午吧
就说是某个正午的一瞬间
那只鸟从天空炸裂的缝隙处
坠落　坠落
听到双翅的撕裂
容不得抬头
它已眩晕于十字街心
无血　无泪

门洞是喉管
窗户是眼睛

那么　它和我置身一座城市
是否感觉着同一呼吸
是否看到景致并无两样

我不说什么却与它共享

子夜的宁静

也许　它已习惯大江滔滔万里

也许　它已熟视落木萧萧百年

谁知道呢　这只疼痛得失语的玄鸟

任凭假设和想象给它每片瓦羽

风花雪月的回忆

给它檐脊以千军万马的蹄音

有关培育的一切其实都不会发芽

就像嗑落于水泥广场上的瓜子空壳

门洞是喉管

窗户是眼睛

我不知道为什么有一天也加入了

旅游者的行列　在它皱纹似的

阶梯上落下只只脚印

并默默辨认那些镶进壁龛的铭记

湿重的基石一如沉重的枷锁

那只玄鸟不可能再康复飞起了

我看见一道更大的裂缝

一道呈现于鼓楼之下的裂缝

历史般沉降

而一座城市悄无声息

而那只鸟已经惊醒
它竭力抖了抖双翅
所有的呼叫开始来自大地的嘴巴
所有惊恐开始来自天空的眼睛

是怎样的一个正午　一个瞬间
每一条道路都印满了鼓楼的投影
每一声人语都融入了鸟的啼鸣……

卫市街

——献给仪征百年老街（鼓楼北—解放路南）

城市的大街小巷

萦绕了太多的九曲回肠

我最迷恋的也只有三四百米

或者是两三百步　卫市街

在被铁栏杆软禁的鼓楼

到被城管严防的解放路之间

曾经有百年梧桐的老根

把镇压它的水泥路块　掀了个四脚朝天

曾经有麻雀熟练地掌握过　文言文和白话文

两种语法

叽叽喳喳　熟背了一个世纪的历史

曾经我在这里的鼓楼饭店

吃到了世上最好的红烧肉

在熟食摊上　尝到了全球最美的盐水鹅

在红星旅社　看到了长着一颗大痣的女人

在新华书店一楼　免费读了几个夏天的名著

在偏僻的院落里　发现了全城最古老的白果树

现在　除了春江商店　已见不到第二家老字号招牌

其余　荤素混杂　统统作为残羹

打包　带给了岁月这只老狗慢慢咀嚼

它暗淡的目光　有时反射着月亮的余晖

有时漆黑得比枯墨更加死寂

看来城市老得比人还要快捷一些

我不得不在这里　加紧走来走去

并且总在夜晚出行

看上去好像隐藏着什么不可告人的目的

我是想出奇不意邂逅 30 年前那个举目无亲的

少年　卫市街上留下过他最多的幸福

那个一生只做一次媒又做成了媒的恩人

就住在巷子深处

那位喜爱文学的四川女青年以小红帽为信号

相约　就在一家商店门前

那一次　4 个朋友吃了一笼杂色汤包

又喝了一杯白兰地洋酒　醉卧在一张破床上

也在附近……

这些好事　趣事　馊事　构成一部断断续续的黑白电影

卫市街全部看在眼里

可惜它装了那么多 360 度的电子探头

却没有收录下 30 年前的一帧影像

让我口说无凭

都说　看一座城市的中心

登上制高点看何处最亮堂　就是

现在　一百年前和一百年后　没什么两样

卫市街依然是八月十五的月亮　照着故乡也照着他乡

在卫市街失魂落魄的

到卫市街胡思乱想的

远远不止我一个

说真的　我真想把整条卫市街都租下

可惜没有一家店铺愿意转让

说真的　我很想花上 10 个亿把卫市街全部复原

可没有一个居民不说　这是梦话

城市大街小巷

萦绕了太多的九曲回肠

冷暖连心的　也就那么一小截

一小截　比大拇指长

但比中指短

十指连心的怀想

我说的也就是卫市街

它不短　也不长

正好让我能走进去　又走出来　不慌不忙

清清楚楚听得到自己足音的回响

博物馆

倒立的钟鼎造型　四脚朝天
把虚无的脑袋　深埋地下
也撑住了骤然
坠落的天空

睁着双眼　向历史底层　挖掘
只有两只手　远远
捞不起那么多　出水的总是少数
猛犸　剑齿化石　咬死了
一角火山　铜镜背后　闪出绺绺
王妃的湿发　沿着宝剑凹槽
两千年前的鲜血　尚未滴尽
宽大的官袍　遮盖住连片山河
却敌不过晚清　剿杀长辫的一把剪刀

这又好像来自地下世界的　海选
容颜端正的　皮肤健康的　神情生动的
在追光灯下　玻璃罩内
展现近乎完美的梦幻
它们心照不宣地信守秘密
以千百年习以为常的缄默
为更多　暗无天日中的埋没者　呐喊
一只其貌不扬的铜圭　多么幸运
它为阳光漫步精准读秒
也刻录下世界　最早的时间足迹
可　这又怎么样

这又怎么样　走出大门
黄昏的广场舞已经开场
风也开始抄着近路　快跑
历史　被速成为快餐
越来越多的文物
会不会　撑破　小小博物馆的胃口
何况　它是个四脚朝天的倒立者

爬　塔

见过它的人　都难免登顶的俗念
想登顶的人　都登上去了
只是　用的是眼光　而非手脚

人世间需要　手脚的地方　越来越多
捧饭碗　打手机　数钞票　按电梯
踩刹车　踢足球　乘缆车　下邮轮……
已无暇　复习　爬树的童年技能
我们　已不如　壁虎　可以吸附任何
墙垛　甚至　不如蚂蚁　能够轻松
举起一截枯枝　快捷到达大树之巅
俯视行人　渺小　尘埃般悬浮

有人　或许的确是爬上塔顶的
是一位武功高超的扫地老僧

为了拔除飞鸟种植在塔顶的野树

是一个小和尚深夜　亲眼所见他　飞檐走壁

而老僧坚决否认　究竟有没有人　爬上去

如今　已无从对证

反正　见过塔的人　没有人不想爬上去

天宁塔三个意象

一根铁钉　带着倒刺
扎入大地　无从拔出
江河横流　需要垂挂
人世倒悬　已谈不到上下和痛苦
隐身处　一半枯骨了　另一半还是肉身

一根手指　游离拳头
直指天空　难以把握
孤鸟飞过　抖落倒影
暴雨落下　献出无所不在的明镜
掌纹里　一半正途　另一半还是邪道

一截缆绳　绞紧日月
坠落深井　甘愿自溺
塔基　六角形的旧石栏

塔顶　光头般的吊桶

基和顶之间　总有目光汲取

信众的香火竹篮　打满了福泽之水

心田里　一半潮湿　另一半还是干涸

糙石巷 180 号

糙石巷 180 号那是我经年累月

居住的小屋

对它　我肯定终生难忘

逢雨便漏　阴天即潮的小屋

我肯定终生难忘

灯光如波的静夜遐思若水草

先是看见蜗牛爬过四月的土墙

然后发现一颗麦粒不经意地

沿着墙角抽出嫩黄的新芽

再后来就听到了蟋蟀自我培养出的

歌喉　如泣如诉

抚我寂寞并鼓励语言亮相开出

墨色花

这样的小屋有别于其他寓所

尤其不同于四周的高楼大厦

这样的环境　写诗犹如插秧

根植水中　啜饮阳光

诗句躯体纤细

诗句姿态优雅

为什么写糙石巷的诗句

那么阴沉湿润

这或许是唯一可信的理由

就像苹果的形状即是苹果树

形状

我们的土地

脊梁隆起的是父亲的土地
平坦如砥的是母亲的土地
这种古老的比喻
在殷红的血脉里涌流
而我只想补充一句
那些成熟的庄稼呵
就像敦实健康的子女
以丰腴的指尖弹拨阳光的琴弦
用明亮的乐音歌颂金秋的盛宴
吃饱喝足的收割机
一年一度在窗外
生动展示一个民族不变的勤劳
丰足的粮仓是大考的结束
又是选种的开始
田野的边缘　蹲坐着我们的新居

它们宫殿一样辉煌无比

在这样的庭院里　目睹

祖传的石磨　退休的镰刀

被孩子的笑声打磨出锃亮的牙齿

正如英雄诞生于普通人群

成千上万株植物选出了

一枚稻穗　作为代表

与金属同铸　进入共和国的国徽

朝阳般升过每一位

子女的头顶

她把最新的良种分配给

每一块肥沃的土地

要以沸腾的热血哺育每一位健壮的公民

翻越嶙峋的牛背

翻越荒瘠的山岭

到新大陆上去拓荒　耕耘

劫后的稻子

这是我的祝愿

稻子

请从劫后的田野中挺起

秋天的第一场凉风

已吹散了灾难的阴霾

阳光正垂下透明的悬梯

请攀上力所能及的高度

鸟瞰自己的故园

污浊退落

新绿潮涨

我的祈求

是十月蓝天下的白羽

渴望洗净叶片上的伤残

当雀鸟失踪

当绿箭折损

只有雨滴

不绝地洗刷蒙难的稻穗

只有稻穗坚守洁白的内心

请顺沿田埂的指引

接受驴车的负载

请应和母性的召唤

投入温热的慈怀

我祝愿这些幸存的稻子

珍藏于善良的陶罐

这些九死一生的稻子

是唯一可以信赖的良种

浸泡在我们的血液中

等待来年的落谷

倒扣的花瓷碗

倒扣的神态
总令我想起灾后的丘陵
水土流失之后
裸露的岩面　更加反衬
花饰的鲜明

自古到今
有多少先辈和婴儿
烙下唇印
那些忽远忽近的呼吸
那些复杂多变的表情
仍团团将我们包围
歉收　丰足
乞讨　赐予
农人躬身俯首地耕耘

洗亮了一茬又一茬秋季

倒扣的神态
总令我想起谦和的田园
自发拥戴的领袖
超越平原的丘陵
所有的田野围绕它
排列
所有的河道围绕它
奔流

这样的瓷碗　多少年
源源不断为我们的生命
登高助威

北上看湖

一缕落单的风开始北上
它将在百里之外　塑造帆的造型
一粒失明的水珠开始北上
它将在百顷大水中　找回初生的童眸
一群人开始北上
他们是在百年之后　与从前的自己相约团聚

北上　把华丽的衣衫
和喧嚣的辞藻
寄存在扬州
郊野的水鸟素面朝天
湿地的茭白只披轻薄绿纱
似乎什么都能一眼看透
雾的迷茫　耐不住鸟语轻啄

夕阳的残羹　经不住暮色打包

北上　用几个小小的地名
剔亮若有若无的灯火
公道　黄珏　甘泉……以及无从说起的村庄
谁在彻夜苦读
隐士　谁也看不清他们的手笔和桨橹
他们却已草拟了无数上岸的坦途

北上　那片湖有多辽阔
北上　那片辽阔有多沉厚
一缕风开始打铁
一粒水开始淬火
一只眼球开始链接波心
一群人　把自己铸成了"北"字一样的铁锚
在水底找到了自己的故园

异乡人吹笛

我说起叶笛
就像东洋客谈起尺八
异乡的游子来到我们城市
那是夏天
他避进墙角的凉荫
以干燥的唇舌舔响了叶笛
一吹　招来清风
再吹　唤落阵雨
大汗淋漓的过客将他环围
仿佛枯黄的叶片
簇拥
饱蕴酸水的杨梅

我说起叶笛
就像东洋客谈及尺八
异乡的游子来到我们城市

那是夏天
他避进墙角的凉荫
起初横笛南北吹
圆孔里滴下片片丹枫
团团山雪
再转首于东西
桃坞　铺展十里花红
胥浦泄来一湾山泉
这是我们城市独有的四季风景
异乡的游子无须知道节气
他关心的是阴晦晴朗的天时
吹笛人不收钱币
吹笛人只收元宝似的耳朵
里三层　外三层将他环围
耳朵醒在脸旁
仿佛叶笛曾经醒在竹上

我说起叶笛
就像东洋客谈及尺八
听空中一声雁唳
吹笛人在霜天踏上返乡之路
但那支叶笛依然静卧于墙角和过客的记忆
即便不经意提及
它也会幽幽响起
深秋的巷陌里听来格外亲切

匠　心

当黄昏降临　当野山远逸

我就站在老式床柜和时髦的壁橱间

遥想　割破鲁班皮肤的是怎样一种野草

锯子诞生了　斧子出现了

师傅倚着墙壁逍遥地抽烟

徒弟惊慌失措的手指被锯齿狠狠啃了一口

血红如火绽放

将千年的时光隧道照得透亮

我看到了祖先的祖先

跋涉于黄昏的幽径

我看到了樵人笨重石器下

野山的树林缓慢而艰难地倒下

当黄昏降临　当野山远逸

我锋利的灵魂已先于我的胚胎出现

它是那把锐锯还是那把利斧

或者就是不安的蝙蝠扑腾于

床柜与壁橱之间

爱蛛网　更恨蛛网

它　又是何时完结的
疏朗　坚韧　兜得住狂风暴雨
一经一纬　娴熟地穿刺岁月
像极了女性熟能生巧的编织
正面　反面看都是一个模样
如果　不是表情沉郁　年岁黯淡
雌蛛隐于虚无　我一定会脱口而出
呵　母亲

我是真爱蛛网的
但更恨不该后缀的悲绝之词
蛛网——膜——下腔出血
（这异常凶险的脑血管恶疾）
母亲　被它第一次缠住　侥幸逃生后
就没日没夜地　编织毛线
黑线　黑夜织　为两个儿子

白线　白天织　给一个女儿
母亲唯恐自己走不出冬天
不再有十指连心的手艺
裹住
三颗小小的畏寒之心

织进了叹息和无声　也织就了
比蛛网更密实的暖热
百密一疏只在于
那悲绝之词
找到了折返的原路
二十年后借尸还魂
完成了再度谋杀
（勤于蜘蛛般忙碌的母亲　猝不及防
毫无痛苦死于蛛网膜下腔出血二次复发）

现在　我与蛛网再次相遇
旧竹林边　老屋檐下
它丝毫不差地
叠印我的凝视
好像女性酷爱时尚的双面绣
命运　纹丝不乱　纵横交织
这面　是爱
那面　为恨

为父母上坟

别怪我吝啬——"能省则省"
是你们生前教诲的
省些地皮吧　两人就盘一个坟头
省点石头吧　夫妇就合一块墓碑

"不要富人的施舍，要争气
自己活过来"
油菜花恣意挥霍金黄
编织硕大无比的花圈
你们　不眼热　允许
野枸杞　破瓦砾
把小小的自留地　和
农场主的　大田　清晰隔开

生前所有的债务　连利息都已还清

仅存的几百元 说是留给孙辈压岁

现在 轮到我来向你们还债——

无偿传承父亲的文采

歌功颂德上千篇 唯独没有一句颂词

为他点赞

也沿袭母亲的善良 一路不停许愿烧香

扶贫助学

就是未能扯上几尺好布 为她五十祝寿

不烧纸扎的香车 豪宅

你们不稀罕

不献两三天就枯萎的 鲜花

你们不习惯

一小叠冥币当作两份烧

"意思意思就行了"

现在 能够尽孝的只有小事一桩

把那截蛀倒在坟头上的野树

拖开 这得消耗我平生最大的气力

忍辱负重的你们 半世都未能抬头了

现在 仰面朝天 我再孱弱 也不能让你们

再被另一种死亡压着

清明的雨水　血一样发烫

天　不会老　清明的雨水　血一样发烫

它的云里　住着钟声的嘀嗒

地　不会荒　清明的路上开满了野花

它的怀中　抱着枝繁叶茂的追想

花蕊　接住了　多少纯净的珠颗

人间的每一个角落　都有明眸凝神打量

刻着故人的石碑　挺直了身板

念着亲人的柳枝　躬下了腰身

蝴蝶不站立也不跪下

一声不响伴飞纸钱的高扬

左翅捆载着过往　右翅收敛起当下

愈发晴朗的　是雨中的天地表情

平民的坟墓也筑在城郊的丘陵之上

与诸侯王的陵园共享同一风水龙脉

先人们居高望远　生生不息的长江

就在眼下　雨水般天真　苞蕾般可亲的

子孙就在身旁

清明的雨水　血一样发烫

清明的路上　开满野花

今天　就是复活之日

雨　密集而至
无非为亡魂本身　送葬
风　比往日狂野
想把纸钱的灰烬　吹光

今天　就是复活之日
年年膨大的坟墓
长成了孕妇的丰乳
岁岁磨亮的石碑
长成了婴儿的新牙

从故土深处吸饱乳汁
用流星余热补足体温
你们和我当初一样　也是孩子
让我一左一右　牵着你们俩

就像一左一右　你们曾牵着我一个

归路不远　只需跨过一条界河

旧居还在　只不过关满了孤寂

其实　不必把门槛　降低到童年

也无须将墙壁　粉刷成　春天

抹掉尘灰　哈口热气

你们就又一脸欢喜　以新娘新郎的模样

从镜框中走下

坐在八仙桌的老地方

喝喝糁儿粥

尝尝芋头烧肉

这些　都是你们传下来的手艺

我还来不及遗忘

像从前　晒夏一样

把蛛网暗结的　阴晦和霉味

一并晾到天井里

那些防蛀的　樟脑丸气味

最能留住时节和光阴

今天　就是复活之日

天空不空　像个故园

天空不空　像个故园
蔚蓝的回音壁
我　听到自己　降生的啼哭
压过了　春天的雷鸣
苍茫只有一缕青烟时
我　看见久违的老祖母
从那里隐藏了着火的衣袖

下雨了　水滴都从故居的屋檐下
滚向旧址　迷雾把整个尘世打成包裹
我　发现　先祖和后人
皮影般向着同一孤灯赶集
他们呼喊着　彼此的乳名
把锈蚀的铁环　滚向童年深处

无法　抵达天空

是天空以主动弯腰　回降的方式

让我伸手可触　花信风打的蝴蝶结

系住了玄鸟

三尺之上　是神的居所　也是人的故园

端午煮粽

好像　我们是圣洁的
必以圣洁的名义

把含有杂质　沙砾的糯米
淘净　给她一个洁白的肌体
为肉身披上箬衣
为箬衣扎紧腰带

好像　我们又是大义的
必以大义的胸怀

从一锅沸水里
把她救捞上来
宽衣　解带　通风透气
让那些被炙热裹挟的　生涩之心

复苏于人世——

好像　我们既是圣洁又是大义的
倒尽青黄的泔水　就像倒掉
被纪念搅动的河流
铲光灶膛的残灰　好似又更新了
一次传说的版本
就此告别了一套陈词
而燃起了新的信念

乡间美人

乡间美人　扭着水蛇腰
送来香橼丰满的体香
乡间美人　借镜池塘的透澈
素面朝天　在水晶一样的波心梳妆
乡间美人　钟情自然分娩
母腹坦露整片田地
乳汁用几瓢清水　一勺粞子　酝酿
婴儿　以　芋头　花生　黄豆　芝麻……
卑微的俗称　命名

乡间美人　在汗水里淬炼出
黝黑而健壮的胳膊　把整个村庄搂在怀里
乡间美人　慷慨在十月　分红
银杏的金币铺满村巷
圆满的拱桥　为清亮的港汊戴上银质指环

乡间美人　闲时先背依美人靠　洗耳恭听
再　露出一双河水洗净　秋风擦干的
美丽大脚
走上了云端

草木物语

□ 第四辑

换　季

酷暑要走就早点走吧

乘一场暴雨的专列　或者

一艘台风的巨轮

载走重金属摇滚乐队

秋天想来就慢点来吧

等夕光一寸寸抚过胎动的水腹

归鸟一声声催黄低头的稻穗

土地　再也按捺不住　内心的共鸣

它唱出了　芋头　花生　玉米　银杏

光头秃脑的民谣　摊满了前庭后院

整齐坦露的是　孩子的白齿

笑着　笑着　就成为世上最小的钢琴

芦苇想写什么就快点写吧

这些比霜雪更沧桑的　鹅毛笔

百谱不厌一首老歌——

故乡原风景

茶　水

一

天地

只在一叶上闪过

齿间滚过雷霆

舌上漫起春水

茶呀茶　如同母语紧贴

我的心田

千丝万缕的脉络

迎我回乡

苦则苦矣

唤一声　茶呀

湿漉的液滴

已经淋绿

故园千扇柴扉

二

茶未凉

水又开了

想起冬夜

难以凝结的心思

便有嚼不碎的挚爱

煮不烂的友情

隔着寒雪

滋润我们的双唇

头上无星

脚旁生火

异乡的铺肆

容得下游子的行囊

却未必能放得下

两只小小的瓷杯

三

壶中日月

地气天光

千冲万泡

尤不能改变初衷

缘沿光滑的四壁

搭积突围的云梯

无一处落脚的空隙
先辈
就端坐壶嘴边
指引远走高飞的路途

四

酒足饭饱的日子
已经来临
我的主食依旧是一杯苦茶
我的主食是一杯苦茶
从不惊羡佳肴美味
那些远离土地的胃口
涂满了蜂蜜

固守最后的清贫
这是根植骨髓的泉源
一杯苦茶
盈盈储存在胸间
算作我今生今世的财产
一杯苦茶　日复一日的主食
在阳光下翻晒，不霉不蛀
心灵　因此拥有圆满的屋顶

鸟·绿

小小的鸟

献出一片白羽

撩醒沉睡的天空

捂起双耳

也能听到

嫩绿从树干向四枝

扩散　奔涌

三月

可以远征的道路万千条

我的愿望只有一种

如小小的鸟

衔回温暖的璎珞

和明亮的丝穗

似淡淡的嫩绿

一往无前

染遍枯枝秃梢

小小的鸟

在胸怀里辗转

令灵魂不复沉睡

淡淡的绿

从血管中蔓延

使生命昂扬不已

蒲　剑

木兰和沉香　有一晚
令江南才子想起酥手
以外的事情
弹铗放歌的武士
早醉进石头
三尺青锋
依然怀念隔世的血腥
"江水无声日夜磨"
江水无声
听茵茵草畔
响过风流倜傥的足音
才子多么倜傥呢
才子跌入女人河里
呛了几口水
便紧拽住周遍的芦蒲

锋利的刃口

给了手心以满掌鲜血

游舫　手笔

由此同时搁浅

说西风还未撩起衫襟

说白霜还未秃去芦苇

烟生台砚

云起洲渚

当寒从酒来

晚窗外渺渺氤氲

深怀着豪气

石上梅

看到石头时

想起了梅

乌云下　一片神洁的白羽

冰层间　一泓纯净的暖流

两三滴红殷　面对苍茫

蓄积着内心的火焰

梅　月下　唯一的舞者

幽香抛撒的彩练

挽起永远孤傲的魂灵

山川和田野

退化成瘦小的背景

热血的旋律里

梅　还是无上的主宰

以铁枝铜柯

为春天筹划斑斓的家园

群鸟随梦而至
觅回大红大绿的福星
看到石头被时间雕琢
变形　化解　消失
我依然想起了梅
因为梅　还是梅

石榴之忆

总有一种急切的欲望需要表达

当时节翻过劫难的一页

当凉风吹干隔宿的水迹

盘结在岩石上的石榴

她曾目睹　山洪的长舌卷过

炊烟袅绕的村庄

没顶的秧苗　倾圮的砖墙

这无处不在的忧伤

涂抹了初夏的脸庞

石榴　是那样善良的石榴

她渴望俯冲而下　以柔软的绿叶

抚去婴孩无助的目光

她渴望　以星星点点的灯红

点热冰冷的灶膛——

一些脆弱的生命饿昏在黄昏的墙角

是那样的石榴

那样孤傲不桀的石榴　甘愿

折腰屈膝　引导烈士和先哲

走出纪念碑

那些勇敢的代表和不屈的象征

牵着我们向着和平突围

她欣慰地看到　失去家园的

父老兄弟正燃起火把

携手相挽　涉过混沌的黑夜

她欣慰地听到　遍地的号子

喑哑的夯歌　根根

木桩正深入古老的河床

铁锤　一记记敲响殷红的心灵

一滴雨水是怎样酿出一场灾难

一场灾难又是怎样源自一滴雨水

花树披红挂彩

粮仓破碎流离

疮痍的视野

让我们对熟视的一切

从此倍加

怀念和珍惜

在和平的国度

给小小的硬币

赋予一堵完整的城墙

和饱满的稻穗　其实是多么不易

而如今　天空被洗刷一新

星宿一如从前

河道言归正传

石榴　盘结在岩石上的石榴

请再次瞩目　那些大难不死的植物

昂首挺腰　正走向秋天的前台

请再次瞩目　我们的兄弟挺起腰板

在废墟上重构崭新的村庄　在村庄的上空

鲜红的旗帜激动不已地飞扬

草叶颂

兼寄沃尔特·惠特曼

草叶　在诗中已被赞美上千次
语言熟悉它
就像熟悉朝夕相处的兄妹一样
而它最为真实的也就这么一回
在万物之上飞扬
如同新生的翅膀
背负起多少少女的遐想
重返原野
重返故乡
那些纤细的根须追逐着
我们的足踝
直到海角天涯
即便季节没有自己的纪念碑
那也有一种挥之不去的记挂——
紫藤般的诗句

援满了四月的胸腔

盘根错节何时为土地解开束缚

荆棘蒺藜何时为远行拆除栅栏

这些　已不重要

让我们仰慕的是

一支历经颠荡的诗笔

正横空出世　因汲取鲜活的

河流而情思奔泻

草叶的诗篇

永不凋落

芍药：五月的婚嫁

谁让你在五月　这么漂亮
你是否就是我梦中的新娘
3000 年前　祖先成家时就把种子埋下
等着我的出生
与你一起绽放
和你一起芬芳

谁让你在五月　这么执着
我未出生时　你已山盟海誓守望
非江北泥土不爱
非五月阳光不嫁　直到
望老了风　望枯了雨
不遗不弃
直到如今驾五彩云霞远航
泊入风平浪静的花港

赴一个前世之约

谁让你在五月 这么大方
把春天最后一顶花冠
戴在丘陵光秃的头上
把东方第一情人花
插在农妇松散的发髻上
把荣华富贵的"金带围"（最名贵的芍药品种）
随意浸入漏水的瓦当

谁让你在五月盛妆 待嫁
倾城的厚望 早压折了双蝶的翅膀
我梦中的新娘 唯有你
带我暗渡地下
献上深处的宿根 那是你唯一的嫁妆
你的宿根 是一味养气的补药
让我复元还阳
对所有花朵不卑不亢
让我身强力壮
今生在春天不再因爱受伤

谦让的花朵

我知道　你一直在谦让
春天的主场　从不第一个亮相
你习惯在第二排欣赏
这才有更烂漫的聚光
更缤纷的群舞
淡的是形　浓的是神　不浓不淡的
是平平常常的登场

我知道　你一直在谦让
从三月的前庭一直退到
五月的后墙
从百花争艳一直退到一枝独放
最高的像素在你的心眼里
最美的歌声在你的肺叶中

我知道　你迟迟不肯卖唱

并非故意抬高身价

南方　有你驼背的父亲　瞎眼的老娘

北国　有你走失的骏马　迷途的羔羊

你不能一人在风景如画的异乡　挥霍时光

你不能不仁不义　孤芳自赏

我知道　你也知道

谦让到无法谦让

思乡的心　恋旧的情

就会从土中呼啸而上

把整个庄园烤熟

让初夏预热的前胸

紧贴春末升温的脊梁

我知道　就在某一时光

你就会在地火中羽化成

我看不见的翅膀

飞回自己的故乡

奔跑的蔷薇

她们和我们一样都拥有健壮的双腿
沿着枝丫的小道和初夏的引领
一路奔跑　日夜兼程
她们都是拒绝圈养的野马
从盆栽器皿突围而出
让金属栏杆和防腐木栅　猝不及防
她们在子夜梳理曙光的鬃毛
她们在清晨洗濯黄昏的坚蹄
这个时节　有着比往年更
肥美的阳光和更茁壮的雨水
这样的养料
让她们不必再为温饱操心
季风还没停顿
草场还没关闭
她们就不可能终止奔跑

从院内到院外
从本家到邻居
从五月到六月
直到初夏骤然灼热的悬崖
一束辣火的阳光
勒紧了同样辣火的缰绳

水蜜桃

盛夏　我就把她放在那里
避免不必要的搬动　带来意外伤害
放在那里　毛茸茸的外表绽现
一个少女骤然的成熟
一张血红与苍白相间的脸庞
似是而非流溢出疑惑

她被放在那里　一动未动
却在一夜之间香消魂散
和盛夏其他猝死的生命一样
直接脱水　腐烂
直接变成　一摊浊水的乌有

我始终不能宽宥自己的自信和疏忽
现在它已不能再捧到手上　靠近嘴边

当她成为一个季节的污点

这才想起夏天必须日换日洗的规则

它含蓄而害羞的脸庞　只是渴望在花季

被及时亲吻和深拥

献出饱满的青春和丰沛的甜蜜

她真的早已做好一切准备

这才想起　她是最好的维生素　最有效的良药

怎么都不能说　她桃花人面　红颜薄命

最应当忏悔的还是我们自身病得不轻

就像　以一种自私包办成年子女的婚姻

却扼杀了一场唾手可得的爱情

枣·石榴

同一庭院

从伢枣的青　转向石榴的红

还有　一段时间

时间　不取决于秋风

石榴开了口　一语破天机

同一棵树

从外皮的剥落　到木质的脱颖

还有　一段时间

时间　不取决于秋风

枣子再红　红不过成材的内心

一位将军　需要远征的车轮

一位书生　需要就地的雕版

又或是　一辆枣木车轮做的车

什么　都不重负　套在一头骡后
载了半车枣　半车石榴
还有一本既不青　也不红的　古书

香 橼

白马　只驮来一抔沙土
它　举灯　为过往船只导航
却已坚守　百年

暖　是从根系　一点一滴
升到高处的　那足踝从未放弃
向大地深处挖掘　温泉和炭火

热是从内一圈一圈
向外扩散的　那红血漾起的心潮
像风　吹香了每一片绿叶

它　站在残雪之中
手捧　团团金色火焰　为
千家万户　张灯结彩
迎接冬天

竹园　篾匠　麻雀

开春前的一场大雪
让竹子齐刷刷　弯下腰去
甚至竹梢可以　触及　肮脏的垃圾
但它们从未被折断
就像驼了背的老篾匠　还在拼命干活

此刻　成群的麻雀
带着对冷雪　叽叽喳喳的咒骂
撕碎了天空的抹布　它们想
找到避寒活命之处

老篾匠　看了几眼　和自己同样忙碌的
卑微生命　不由打了个寒战
这些可怜的小牲畜
他没有放下手中的活计

那锋利如同雪光的刀具　分解　重构着
倔强的竹竿　一些新生事物　在剖宫产后
获得重新命名
簸箕　米箩　竹匾　还有粪筐　忍辱负重的容器
它们带着手温
清香之气　渗入了他的心肺　和骨头

雪　无法将整个竹园　严实覆盖
那些麻雀找到的　唯一一块空地
是老篾匠为自己预留的墓穴
辛劳一生积蓄的余热　不是严冬
想冷却就冷却得了的

迷乱的花树

风　欲静而树不止
它已惯性　被蛊惑之后花枝招展
难以消停
猛然刹住　就会昏眩　呕吐

吐掉　清秋的寂寞
吐掉　严冬的寒冷
也吐掉　内存不多的绿色胆汁
更吐掉一切不再光鲜的旧山河

不能吐掉的　是主干
这世袭的部落首领　忘不了拓展春天的雄心
不能吐掉的　还有　删繁极简的枝柯
烫画一样　把根须的金戈铁马烙在天上

命在深处　运在高处
一只鸟巢
既高不可攀　也牢不可破
铁锁般锁死了风
却放纵了树本身的冲动

鹊　巢

比一座孤丘上的树梢还高
可对于它们而言
却只是低得不能再低的　陋屋

从坠落的枯枝中　拣老而弥坚者　做椽
从被冷冻的残叶里　寻脉脉含情的　做床
一种超越人类常识和想象的技巧
足以赋予铁钉般的意志
牢牢扎入飘摇不定的风口

它们一生只学会这一行
飞行　觅食　栖息　生子
从无居高指点江山的野心
充其量　师从力学大师　抗震专家
通过一草一木的试验

在空中图实　在危局里求安

将平衡术传授给每个子女

每一个日子　牢记风雨无阻　自食其力的家训

它们身披人类命名的喜悦

从早起的送葬队伍上空飞过

唢呐　爆竹

让它们比丧主

背负起更多死亡之外的悲戚　并且忘记

日复一日地飞行　觅食

栖息　生子　何喜之有

谁能抵达此处

我们何以抵达此处

煮盐铸钱的旧王　做着门卫

勉强抵挡　一阵西伯利亚寒流

这里　四季如春

归隐者　重温男耕女织的生活

将板结的封土　深挖三尺

渗进江沙　熟土　让历史与现实的夹层

更加柔和　有机一些

让植物的根须　更能贴紧大地的腹部

葡萄　板栗　香梨　大米

它们勇敢拒绝化肥和农药包养

而与生信赖阳光与风雨喂侍

农人口渴畅饮的也是露水

我们何以跨越一路之隔

那边的坡地裸躺着大片草坪

一公一母的牛犊被塑化着

它们不谈爱情　也不讨论后代
好像澳大利亚　英格兰　或者
美国总统的私人农场
上百公顷的宁静和氧吧
足够一生咀嚼反刍　吐故纳新
一把吉他　舒展在冬日的下午

真正能够抵达此处的　又有几人
湖中孤岛被命名为左岸书屋
文豪和大师们
站在书柜里　手捧绿茶或咖啡
探讨文学的命运和人物的悲喜
幽暗而密封的小影院　轮映
昂山素季和斯诺登传奇——
一个向往祖国自由的东方女人
另一个背叛自由祖国的西方俊男
用中文同期演绎人生的背道而驰

从闹市抵达僻壤　也许遥远
可能很近　庄园之外
一条直达两座城市的快速公路已经开通
这里　被圈定为重点文物保护区
原来　旧王　看守的还是自己的前庭
原来　新人　开垦的还是别人的后院

秋　树

接受雨滴无所不在的捶打
听从绿叶的舌头淬成
金箔
看破不说破　一棵树的真相
接受凉风无时不在的斧正
把满目葱茏的诗意　删减为
几枚硕果仅存的哲学
一只高高在上的鸟巢
接受千枝万桠的簇拥
也接受一朵独行的白云
在其间投宿
接受无所事事的假设
如果静默如谜的根须
倒置成天空
是否能告白天下
土地深处的秘密

秋　园

有人进去后　就再也没有出来

一块象形石

多了掌纹和心跳

有人出来时　少了臃肿与忧郁

平添了锦鲤的轻松和欢愉

许多游客　进出之间

发上无端落有

桂花的细金

鞋跟　沾上蟋蟀的清唱

这个时节　风景已经玉一样

薄凉　温润

做一把梳理乱发的梳子

正好

打一枚管束采花手指的戒指

正好

秋　网

鱼骨埋在树根下　空网晒在树之间

一片落花沾在网中央

种也不得　捞也不是

银杏落叶

大地在炼金
一片又一片
世界上真有完全相同的叶子
为低到尘埃的树根　贴金

雨水在淬火
一枚无数枚
人世间　还有多少紧闭的门扉
24K 的足金钥匙
只有　一枚

天地野调

□　第五辑

钟　声

必须硬碰硬地敲
囚禁已久的疼痛
才会雷鸣般呐喊出来
钟声响了——
那些尾刺带毒的黄蜂
在繁花的震荡里寻找凋萎的家园
秃陵混浊的回声里
传出铜匠清晰的喘息

必须　恨之入骨地敲
洪钟才会　破碎
碎片　才会还原为矿石
必须同归于尽地敲
木槌才会断裂
伤残　才会康复为原木

一脉铜矿 一棵原木
它们不是宿敌
在旷世的静默里
是两小无猜的初恋
彼此都能听到比钟声更
狂野的心跳

脸谱风筝

因为　风
地面上的面孔　脱水　粘贴　压扁后
都能飞上天空　隐去喜怒哀乐
因为　线
飞上天空的面孔　抽象　收拢　失重后
在一定高度　都必须平衡登天的冲动
和坠落的危险
不同角色　无须舞台　混搭上演木偶戏

远了　高了　也就虚幻了
再也看不清面孔——
正派抑或反角
真仙　大神　还是魔鬼
只有五十米长的巨型蜈蚣
缩小成柔韧的　鞭子

放牧着　悬浮无根　之物

它自有　以毒攻毒

管辖苦厄和不公的　秘术

终于飞出了尘世　远离了喧闹

在云朵　飞鸟　之外

挫伤的天空　贴上多彩的膏药

阳光不明　风向不定

它们同样有些摇摆　像内陆土著

晕船于　海上颠簸

风　撞上了风　也能听到戈矛的杀伐暴戾

线　缠上了线　也有难解难分的宿怨世仇

"潮神"坠入江河

"飞龙"跌落荒冢

要命的是　黑脸包公受了风的蛊惑　自断了一线

永远留在天上　似乎人间再无什么不公

如何爱雪

我只是悲悯悬空的个体
一粒微小　一片轻盈　一种随意
但说不上　爱

我只是　倾向　落实的整体
灭杀了边界的　苍茫
掐断了底线的　纯洁
但说不上　爱

我只是偏好个体　整体间
切换　融合　重构的秩序
以遮蔽　拉低　天高
以覆盖　摊薄　地厚
但仍然　说不上爱

我的钟情　是那堆不大不小的残雪

脏污而无助

像丢失了羊群的　牧羊犬

绝望得　不知还有人　爱

孤灯夜读

唯有孤灯一盏　悬挂荧白的　某种贞洁
唯有古书一册　直立出人头地的执念

这一盏　恰巧位于书之上
这一册　恰巧描述　秀才故事
没有　发明　电之前
先辈学习就比后代刻苦
古人智慧就比今人实用
囊萤映雪　凿壁偷光
多么巧妙而省钱的　算计
光亮有多广阔　前程有多宏远

唯有蛛网把灯与书串联
母蛛居中　像脸黑心热的媒婆
"书中自有黄金屋，书中自有颜如玉"

竖排铅字　罗汉般叠起乌金
它们胸怀的赤焰　推送到高处
恰巧可以照亮翻开的书页

一盏孤灯　一册古书　暗恋了
这种偶数的叠加　远远大于一介书生迂腐的意义

晒　衣

先洗的肉身
再洗的衣裤

肉身与衣裤分开洗了
衣架　撑起上衣
夹子　拎紧裤子　头和脚不知藏哪儿去
这是上身与下身
各自独立的时光

是湿漉先被吹散
还是褶皱先被抚平
灵魂　终算轻了一些
被称为脏污的东西
已隐身从下水道　归入江湖
落在胸襟的阳光　闪烁纽扣的金属质地
吹着衣裤的阵风　也塑型出了人模人样

水下迷藏

谁像蟛蜞隐藏于

洞穴之中

谁　螺丝般寄生在石码头的下面

做现世的隐居者

我　看不到

它们　已谜一样存在

外来物种水葫芦　集体腐烂

哀兵式顺流溃逃

几只雏鸟　在秋苇深处嗷嗷待哺

水上　是漂泊

水岸　是安居

水下　是什么

倘若揭不开河面

波浪喧哗　微澜细语
以及　废船死寂
都无关　真相的泄密

流变一旦逆转为沉淀
河床一旦涸枯为滩田
你们看到了
一只河蚌　永远张开了硬壳
一只鱼鹠　恒久熟视无睹

河　蚌

水位低落　河床浅显
这些深潜高手　遭到无雨无雪的旱季
出卖而暴露真相
都两个时节没上来　换一口气了
小小的硬壳　还要背负污染的大河
对它的重压　那些柔软的肉身中
有一颗珍珠　正在孕育纯净

现在　它　被随手捡起
就像无底之谜
利刃割腹　硬器锤边
空壳　做了祭神的河灯　幽魂一样自生自灭
老鲜之肉　陪葬了菜薹
一青二白　煮出了人间仙汤

镰刀的哲学

麦穗　稻穗　应声倒地
向日葵　高傲的头颅
被　利索斩首
这些　印证的只是作物的成熟
而非　你的锋利
人间　唯有五月和十月　可以合金双面刃
它能鉴照的　也只是其他月份的青涩和暗淡
而非　你的霸气　专横

现在　你已内功尽毁
农闲后　被遗落旷野深处
与冷嘲热讽的雨水
来一次终极决斗
枯锈彻底覆盖了明亮
不给土地一点错判的借口

中国画

倘若为山

我则需剔除血肉

留下如石之骨

要是作水

我则需抽尽筋肋

留下似流之血

其实 为山 作水

都不能够

我只能让灵魂云烟般

飘浮于山水之间

或者 取骨一碣

沁血几点

山水之外的空白处

盖一篆红印

一只饭碗的破裂

付出了　血的代价
我才真切意识到了它的存在

照例　在饭后洗涤
用自来水　用清洁液　用柔软的抹布
可是　它例外地　破裂了
如饿极了的狼崽　狠狠咬开
我拇指内侧的皮肉

好像　发誓过"白头偕老"的夫妻
粗茶淡饭了　半个世纪
骤然面对　疑窦丛生的　更年期
她　必须　以自残
来　求证　命运的掌纹会否出现　歧途
男人的热血　是否殷红　如山盟海誓之初

似乎忘记了　这么多年

唇齿冷热　酸甜口味　早已心照不宣

又似乎　突然感到

手捧于胸　鞠躬于台面的礼仪

重复得　过于寡淡无味

瓷实　白净　安谧　只有

破裂　肮脏　哗响去证明

饭碗　破了　狠着心弃之为垃圾

拇指　伤了　向生活投降　一般

举过头顶

常识提醒　血　爬不过头顶

三尺　以上有神明

我　只想得到　神的宽恕和安慰

但　绝不敢

享受神的日子和口味

装台的人

台　很快装好了
灯光可以娴熟切换　音响能够清晰放大
天黑之后　就是另一群人　粉墨登场

台上　有人扮演皇上　有人扮演丫鬟
此刻　欣喜若狂　转瞬　悲愤交加
一张千年老脸　镜子里照不出半丝皱纹
一位富家子弟　男扮女装反串
唱不尽穷酸　流不干苦水
一生还有多少喜怒哀乐　不能在两小时内演完

台后　装台的人　与台上已经无关
在剧情外的手机上本色上演
和千里外的老母商量归期
也像某个久别重逢的角色

心头记惦着怕冷的爱人
也想买双保暖皮靴　就像那种黑漆的道具
透过香烟的青雾　竟然看清了自己的际遇
和某场戏没有什么两样

也拿过皇帝的龙袍加身　老家离京城不远
只在梦里去过
也想在外谋生的女儿　不用早出晚归
就扮个端茶倒水的
丫鬟　不必把卑微当真

戏　演完就演完了
而拆台总比装台迅速
就像把一个人的命运大卸八块
就像剧终突然暴发山洪
所有的观众一瞬间溃散

装台的人　不急不躁　走在夜归的路上
大街小巷的灯光　为他而亮
隐去星辉的天幕　为他而降
唯一的主角　在深夜　自己欣赏自己

安　静

之一

谁要安静　为什么安静

是　从前的我

梦里被闹钟　惊醒

一只白狐　叹着气

从秀才身上隐形而去

多年以后　记忆仍在喧哗　想着从前

鸦雀无声

千人伏案的考场

作文题目就叫　安静

之二

一声粗粝而锋利　的遏止

"安静"

让小小的心跳　麋鹿般狂奔

为什么"安静"

迷茫无助的眼神 在莽撞中

急刹 一个问号从云端

惊叹坠入深海

谁要安静

风 从青蘋之末吹向云天海角

雨 由淅沥耳语变成撕心裂肺

天地 打了个趔趄

万物 一片喧哗

仰望一天

容许　仰望一天
天空　不空

喜鹊欢叫　乌鸦悲鸣
悲喜和解　半悬于空中
一篆淡烟停泊初恋之吻
一团乌云满载诀别之殇

望见的　越来越多
从少时　扬向高处的石头
到锈蚀于风中的流星
从降生于子夜的初啼
到父母早逝的悲恸
那里　有个典当行
十有八九　可以赎回

什么都有　　又什么都没有

无边的蔚蓝　　只有一粒晨星

盐粒般　　腌制着整个大海

管子中的火与水

它　是从一根密封的管子里
释放出来的
除了燃烧　没有更坦诚的方式
自证清白

一束火焰　是海浪的自传
被逐页打开　满纸粗盐
咸涩原汁原味　迎合了人世的重口味
此刻　藏身锅底取暖的蚂蚁
正肩负一座火山的炙热

可清晰听到手铐脚镣
从内部被一一融化
成形于涅槃中的燎原之翅
只待一阵顺风就能扶摇展开

而就在此时

另一根悬空的管子　涌出串串

嘀嗒　嘀嗒　的水滴

冤家的控诉　看守的训诫

火遇上水了　这一对天敌

事实上　自来水从来不是自己想来就来的

停电时的白烛

仿佛被遗忘的祖传宝物
被翻箱倒柜地找出
冰清玉洁　命悬一线

受命小小的火柴
以自焚宣示和平
说服满屋黑魔撤退
它爆裂的是冷藏的原欲
绽现的是脱俗的白莲
一次次惊喜回望　丢失已久的背影
牢牢地钉入白墙深处
像不能再逃脱猎手的虎皮

它更像打入冷宫的聋哑美女
面向座无虚席的寂静

一把鼻涕一把眼泪申述冤情

直到夜色被蜡质

塑造成小小的岛礁

留下最后的活口

老中医

端坐如佛　和风细雨
此景已是一剂安定
延缓了　波浪般起伏的阵痛
治病　有时　真的无须　千金妙方

那支老式钢笔　流畅如初
它活得一定比正常人健康
山溪般流出　串串黑墨的蝌蚪
一纸素笺　满池活水
降减着　体内虚火
甘草　当归　杜仲　还有　独活
卑微之物以克计量　曾经
明珠般投暗于荒野
如今　在灵魂的煎熬中起死回生
一碗热汤　为枯槁的骨殖

捧来了复活的草木之心

苦涩难以造假
我信任它甚过信任自己
一饮而尽　不留残渣
每日两剂　每周一个疗程
医嘱　亦是佛偈　等同圣旨
我更笃信　时间本身就是最好的良药
会让扭曲的脊椎
慢慢恢复原初的正直

吸吮：冷饮店偶遇

不过　相隔几张台位
红粉佳人　黑色冷饮
白色吸管　搅动极地浮冰　玉佩清脆　令我着迷
浑然不觉　一只蚊子已抽血逃离
小小的痛痒

饱吸人血之后　那只蚊子一定有了人性
它是我的替身　义无反顾向她飞去
继续蛰伏　吸吮
小小的腹腔　汇入了两股陌路热血
时间在一瞬间改道让路

天气骤变的下午　鸡尾酒在空中激情勾兑
闪电的白色吸管　深深扎根于乌云
雷霆大声说出　千年一遇的速配

小小的痛痒钉住了我的双脚　却让

红粉佳人厌恶而去

我浑然不觉　那只蚊子

已不知所踪　爱上了其他新欢　也

拐走了　尚未诞生的混血儿

一枚白色的吸管　深深扎根于下午的光阴

其实什么都没有吸吮到

极地　浮冰很远

几张台位　实际相差十万八千里

卑微的　不是蚂蚁

追踪忙碌的蚂蚁

准能找到一日三餐的余粮

和遮风挡雨的巢穴

观察　席地而卧的　浪人

空洞的瓷缸

永远不可能

装满白花花的硬币

这金属特制的　胃口

从来就不会盛满

他在诉说　无家可归的悲情时

那些蚂蚁　已完成了

从地面向树梢的　迁徙

拍　蚊

一个巴掌　远远胜过高射炮
小小蚊虫在白墙上暴毙
它的死微不足道
却每每包含了人血的陪葬
那是人之所以为人不可分割的部分

这样的黄昏　弥漫着黑色哲学
蚊子不仅深刻　一针见血
而且前赴后继　从未放弃
对人类肤浅的戳穿

自以为尊严不可蔑视
而向一个黑点发起反攻
可它临危不惧　目中无人
圆满完成了　一颗铁钉沉默是金的暗算

连心疼叫甚过蚊群的鼓噪
流血剂量超出万只蚊虫的仓储

为了印证一个巴掌也能拍响的道理
蚊子的阵亡与掌心的误伤
哪一个付出的代价更大
而谁又在我后背上　重重拍了一掌
墙的那头　什么重重落下

唯独　对人世一无所知

上天正派　是知道的

我看见　雨水平分给众生

雪花公摊给万物

大地博爱　是知道的

我看见　尘埃总在低洼处团聚

新绿皆于枯草间转世

唯独　对身临其境的人间

我一无所知　不知远离上天的平房

为何被一一摧毁

好像人世　从未容得下　侏儒

不知　高出大地的古村　为何被一一斩首

都打下收条　把青烟托付给乌云

还是大地博爱　万物落土

都免收租金　让骨灰永居于黑暗

而我知道　上面这一切
是在还未睁眼就已失明之后
是在尚未出生就已衰老之后

后　记

　　人的一生，常有偶然的选择成就必然的归属。2024 年，是我发表文学作品同时落户仪征的第 40 年。正如恩师忆明珠先生客居仪征 28 年，起先是冲着一本《县志缩略》称"当地多名园"而来。我 18 岁那年面临毕业分配，在志愿表上毫不犹豫写下"沿江一带"，则是顺应长江的呼唤。当初并不知道，仪征是长江北岸唯一县城临江而筑的地方，唐宋以后拥有 50 多座名园，并且诞生过影响世界 380 多年的造园宝典《园冶》。

　　沿江一带，是个充满诱惑的"盲盒"，现在已变成清晰的大礼。从同样临江的泰兴霞幕圩小镇沿江而上走向仪征，其实在童年就有朦胧的路标指引，轮渡码头传出的"呜呜"汽笛声，沉闷而粗粝，我臆想它是一只巨兽从江底骤然露出水面。另一次，在乡间教书的父亲带回了一本《诗刊》，翻到一首写江上渔船生火煮饭的诗，"小小的雨珠，跳入锅里，炸出一朵最大的浪花"（大意如此）。我有些目瞪口呆，魔术般的语言磁铁一样吸引着人。长江什么样？我想去看看。

　　事实上，正是与自称"真州布衣"的忆明珠先生的交集，改变了我的一生。我工作的商业公司和先生所在文化馆一路之隔。1988年，距《雨花》杂志发表处女作诗歌仅3年，因为先生的公开推荐，我被破格调入地方党委宣传部门从事新闻工作。多年以后，我才知道：先生在20世纪50年代末60年代初，也是因为一位文化涵养颇深的领导赏识，从下放的月塘农村调入宣传部门专事创作的。先生在他的《墨色花小集》自序里写道："在这里，我寻到了师与友、恩与爱、开明与通达、谅解与宽容……并享有了它的山色江光、花晨月夕、诗情画意。"先生怀着"野人怀土，小草恋山"的感恩心态，把《墨色花小集》当作献给第二故乡仪征的一份极其菲薄的纪念。

　　忆明珠先生是名动文坛的大家，我只是个普通的习作者和追随者，恰逢两个40年的纪念日，我决定编辑出版个人的第10本专集，也是继《石榴之忆》《塔与河的交换》之后的第三本诗集。动机再简单不过：将之"当作献给第二故乡仪征的一份极其菲薄的纪念"。这本诗集集录了20世纪80年代到如今跨度40年公开发表的诗作，涉及近20家全国知名报刊。值得一提的是，这些作品大多与江河、丘陵有关，与仪征和泰兴两个故乡有关，其中1990年和2015年，《港口：深水泊位》和《龙马之春》两度上了《诗刊》栏目头条；创作于25岁之前、描写水主题的《海殇》《一滴水》系列作品在《诗歌报》大篇幅刊载。

　　我把这本册子称为《港口：深水泊位》，正是反映一个人与一条江、一座城的深厚姻缘。无论是从仪征走向远方的游子，还是客居于仪征的异乡人，都承受过长江的滋养、小城的恩惠，都有一次远行和归航的命运选择。当然，基于 40 年，囿于一城的时间、空间角度，都是有限和局限的角度，但既然我是呼应长江的呼唤投奔并终归这座城市，无论从缘分、情感和灵魂上讲，都有责任、有义务成为这座城市一方水土的代言者、传播者。

　　这本册子如果有什么意义，也就在于它如忆明珠先生所言，是"当作献给第二故乡仪征的一份极其菲薄的纪念"，是对自己坚守了仪征 40 年的心灵记录和诗意表达。感谢所有关心过我的热心人，感谢所有愿意翻阅这本册子、再次与我在诗中相遇的人。